La Grande Villa

du même auteur
chez le même éditeur

Le silence ne sera qu'un souvenir (2011)

aussi disponible en poche, collection Babel

L'auteure a bénéficié d'une résidence d'écriture à La Marelle (Marseille) en novembre 2014 et juin 2015.

Laurence Vilaine

La Grande Villa

roman

GAÏA ÉDITIONS

Gaïa Éditions
82, rue de la Paix
40380 Montfort-en-Chalosse
téléphone : 05 58 97 73 26

contact@gaia-editions.com
www.gaia-editions.com

La citation de l'écrivain guatémaltèque Eduardo Halfon est extraite de son texte « Mémoire d'enfance » publié dans *La Mémoire juste* (Maison des écrivains étrangers et traducteurs, 2011).

ISBN 13 : 978-2-84720-715-6

Aux suivants,

Ne voyez-vous donc pas que tout ce qui arrive
est toujours un commencement ?

Rainer Maria Rilke

J'aurais pu me douter, qu'en revenant je t'aurais trouvé là. Sans réfléchir, j'ai levé la poignée au lieu de la pousser vers le bas, c'est drôle comme nos gestes se souviennent des petits travers et des embûches, ma main avait gardé la mémoire de son installation à l'envers. Par la porte tout juste entrebâillée, c'est venu aussitôt, comme un ballon qu'on te lance avec force et que, plié en deux, tu arrêtes avec ton estomac. C'est venu avec l'odeur en premier, qui ici dit quelque chose de la chaleur, ramassée dans les murs et entre les lattes du vieux parquet, assoupie dans les grands rideaux épais ou juste posée sur les tomettes grâce à elle toujours tièdes, quelque chose de la chaleur qui porte encore un peu du parfum de celui qui est passé juste avant, un peu de la lessive qu'il a utilisée et laissée pour celui d'après, aussi l'odeur est-elle sans doute un peu différente de la fois précédente, et encore de la fois d'avant, mais reconnaissable toujours, à cause du soleil, à cause de la lumière – oui, c'est sûr, ici la lumière a une odeur.

Comme si de rien n'était

J'aurais pu m'en douter avant même d'ouvrir la porte, dans l'escalier quand j'ai posé le pied sur la première marche, les deux tomettes descellées ont fait leur bruit d'assiettes. Puis aussi dans le vestibule quand, la porte à peine ouverte, l'armoire rouge m'a dit le couchant qui, quelques heures plus tard, pousserait la fenêtre de la salle de bains et se jetterait sur elle. À cheval sur le seuil de la plus petite chambre, deux longues jambes de soleil à ma rencontre m'ont rappelé les persiennes toujours ouvertes, et la langueur de l'après-midi qui fait de ces quelques heures à venir une traversée du désert – c'est dans cette pièce que je travaillais la dernière fois, beaucoup le matin et beaucoup la nuit, peut-être reste-t-il encore sur le bureau les ronds de mes tasses de thé qu'avant de partir j'ai laissés, volontairement peut-être bien, faisant secrètement d'un coup d'éponge la promesse de mon retour. L'après-midi dans la petite chambre, la fumée qui s'échappait de la théière, c'était un ruban de taffetas dans le soleil. Il y a cinq mois. Et quelques poussières. C'était la lumière de l'hiver.

Bien sûr que j'aurais pu me douter. Et non seulement je n'ai rien vu venir, mais j'ai cru pouvoir faire comme si de rien n'était. Après avoir fermé la porte derrière moi, toujours sans réfléchir et toujours vers le haut la poignée, je suis allée directement poser ma valise dans la grande chambre. Comme si c'était la mienne depuis des années, comme si j'y venais régulièrement depuis l'enfance. J'y suis entrée comme on se roule en boule quand on a peur de se perdre, quand on veut comprendre tout de tous les mystères. Et là, pendant quelques secondes, j'ai cru que je ne savais plus respirer. Un sanglot m'a sauvée, qui m'a obligée à tout simplement ouvrir la bouche pour prendre de l'air.

Je te parle comme on écrit une lettre, ou peut-être est-ce l'inverse. Aura-t-elle l'épaisseur d'un cahier, j'en serais heureuse, cela signifiera peut-être que j'aurai réussi à tenir la conversation, à dire ce que j'ignore, là, maintenant du haut de cette page vierge. J'ai écarté mon clavier pour un crayon, et quand d'habitude je préfère les feuilles sans marges ni carreaux, hier leur blancheur m'a donné le sentiment que j'allais m'y noyer – j'ai acheté un cahier avec des lignes. Cette fois, je travaillerai dans la grande chambre.

*

On me dit, sois douce avec toi-même, va voir la mer, va faire la sieste sur le sable. Je suis allée à la piscine, et j'ai nagé cinquante longueurs de bassin sans pause, cinquante fois vingt-cinq mètres, me concentrer pour les compter m'a permis de ne laisser entrer que des chiffres dans ma tête. J'ai aussi compté les lignes de carreaux bleus, puis les carreaux blancs par groupe de quatre entre les deux, les marches de l'échelle, les lumières au plafond : j'ai ainsi barricadé mes pensées derrière des tables d'addition, derrière des grilles, des mailles serrées, des chiffres en bâton comme des vigiles à l'entrée de mon cerveau. Puis j'ai pris une planche pour n'avancer qu'avec les pieds, j'ai battu l'eau jusqu'à n'en plus pouvoir, jusqu'à ce que brûlent les muscles de mes cuisses et que mon ventre durcisse, j'ai pensé le feu et le béton. Dans ma gorge alors, l'accablement comme une tenaille, aussi dans mes épaules qu'un filin d'acier relie à ma colonne comme un cintre métallique, dans ma nuque raide qui cherche une terre à bâbord, jusqu'à l'intérieur de mes lunettes – derrière la buée, je me sens carpe, et les yeux contre la vitre de mon aquarium, je fais du surplace en plein océan. La douceur préconisée se sera limitée à rejoindre l'échelle quand une crampe m'a serré le mollet.

Au sortir du tunnel en rentrant, je regarde la Grande Villa tout en haut, le couchant est proche, qui va se jeter sur l'armoire, et je presse le pas. Je n'avais pas nagé depuis des mois, demain je retournerai.

*

Le bureau est face au mur, et je sais dans mon dos le soir qui tombe. La pénombre estompe les contours et feutre la lumière, et la grande chambre devient peu à peu noir et blanc, c'est en allumant la lampe que je rétablis les couleurs. Je joue avec l'interrupteur en même temps qu'avec le bleu du ciel : encore un peu clair, il dit, collées l'une à l'autre, la couleur de l'été et l'odeur de la terre sèche ; déjà un peu sombre, il prépare aux constellations leur scène pour la nuit – si on regarde le ciel sans ciller, est-ce qu'on voit les étoiles naître ?

Au pied du lit, j'assois mon corps comme on lâche un sac, un sac en cuir souple et vide sur une chaise. Mon ventre est un trou, mais je ne peux rien avaler qui le remplirait.

*

En nageant je t'ai parlé. Des mots à toi comme une évidence, un flux de mots au rythme de mes gesticulations dans l'eau, puis je les ai égarés – peut-être parce que je nage vite, oui, je me dépêche et je nage en désordre. Mes mâchoires restent soudées, et mes poumons dans leur étau. Je suis presque nue, mais une cuirasse écrase ma poitrine et pour flotter il me faut batailler. J'alterne les nages, je tourne la tête, je l'immerge, je cherche l'oxygène – juste respirer parfois fait mal.

*

Une vibration aiguë me met en alerte – vite un livre, une chaussure. Je peux entendre à des mètres à la ronde les ailes du moustique, qui réveillent mes phobies d'enfance, dès les premières soirées un peu tièdes du printemps elles devenaient les adversaires de mes nuits et me faisaient guerrière. Garder fermée la porte de ma chambre obsédait mes journées, je m'aplatissais comme une feuille pour entrer et sortir, et le soir à peine là, j'entrouvrais juste assez la fenêtre pour y glisser un bras et rabattre les volets en quatre secondes maximum, deux pour chaque battant. L'angoisse habitait les heures qui me rapprochaient de l'instant où je quitterais le gentil brouhaha familial du salon pour aller rejoindre le silence de mon lieu de combat que les bêtes viendraient rendre électrique. Car malgré toutes mes précautions, il en était toujours une pour pénétrer ma chambre forte. Dans le concentré nauséabond de l'insecticide qu'à chacun de mes passages dans la journée j'avais pulvérisé à coups de grands huit à bout de bras, je m'enfonçais sous ma couverture et me recouvrais la tête. Je m'endormais en nage après des heures de guet – étaient-ce les agonies de mes victimes ou mes phobies plus bruyantes qu'elles, j'entendais toujours vibrer les ailes. Aujourd'hui encore, à cause d'elles peut-être, une pointe de contentement accompagne presque l'arrivée de l'hiver.

J'ai gardé le geste et la main leste : croyant l'insecte sur ma joue, je viens de me gifler. L'ai-je assommé, je n'ai ni trace de sang ni cadavre aplati au creux de la paume, et sur la joue je ne peux pas voir, mais la gifle a en tout cas chassé le sommeil. Elle fait aussi et encore monter les larmes, égales au poids de mon désarroi d'enfant quand la bête restait vivante, si lourdes qu'elles peinent à rouler et tombent directement sur mon cahier sans descendre le long de mes joues. Sont-elles chaudes, je ne sais pas, elles ne me soulagent pas.

★

Mes pieds s'embrouillent, je nage pêle-mêle et décousu, mon souffle joue à la courte paille et il gagne. Alors que je voudrais m'élancer comme une fusée, mon dos se creuse ; je pousse le mur pour me propulser, mais mes orteils se tordent. Mes yeux piquent, c'est le naufrage du *Titanic* derrière mes lunettes, et les plongeons, les coups de sifflet, les éclaboussements me bouchent les oreilles, la piscine entière vient s'étouffer dans mes tympans. Je nage en morceaux – est-ce pour prendre conscience que mon corps existe vraiment, malgré moi je le malmène.

★

La chaleur alourdit jusqu'au temps, et dans la nuit presque installée, la seconde en vaut dix. Mes pensées s'engluent comme une semelle sur une couche de goudron fumant. Elles titubent, trébuchent, se heurtent contre des parois invisibles, comme les moustiques que je balaie de la main et les papillons de nuit ivres de lumière – la main sur la joue, je les regarde se brûler les ailes.

Il fait silence dans la Grande Villa, et aussi tout autour.

Mais je t'entends.

J'éteins la lampe.

Et je fais comme si de rien n'était.

Une enjambée me sépare de mon lit, je m'y allonge. Et je rabats le drap sur ma tête – les moustiques ne m'auront pas, et au cas où le téléphone sonnerait, peut-être qu'ainsi je ne l'entendrai pas.

Se réchauffer alors qu'on n'a pas froid

Le matin, le soleil ouvre une fenêtre sur le carrelage de la cuisine, et je mets les pieds dedans ; c'est l'été et je n'ai pas froid, mais la chaleur a l'effet d'un poêle à bois au retour d'une promenade dans les feuilles humides de l'automne. Le soleil dans le salon, ce sera pour tout à l'heure quand, passé midi, il redécore la Villa avec les ombres de tout ce qu'il traverse : sur une porte des branches de platane (ils sont deux vieux géants qui atteignent les fenêtres de l'étage et me font habiter dans la canopée), sur le parquet des croisées de fenêtres comme des marelles à six cases ou au-dessus de la bibliothèque un moucharabieh, ouvert sur rien, rien qui se laisse voir, juste le jour entre les mailles du voilage qui, jouant les arabesques, prend le blanc du mur pour un lit de chaux ou une page vierge du Coran. Dans la petite chambre, les barreaux de la chaise paillée quadrillent le couvre-lit, et à la manière d'une montre molle, le châssis de la fenêtre descend le mur et chevauche le divan.

Dans la Grande Villa, à toute heure du jour, le soleil traverse un rideau et brode un fond de chaise, il remplit une flaque tiède sur la tomette comme une piscine naturelle sur la grève, ou se couche en rond sur un journal ouvert. Le soleil orchestre les journées ; dans la grande chambre, il fait son entrée à l'heure de la sieste.

⋆

Ma valise est par terre, restée ouverte, et je la vide au fur et à mesure des jours qui passent, c'est-à-dire peu tant il fait chaud. Je revêts souvent la même robe légère, aussitôt lavée je l'enfile, à peine m'a-t-elle rafraîchie qu'elle est déjà sèche, je la retire pour une autre plus échancrée et encore plus légère ou pour me glisser nue sous le drap, je la dépose là où je passe, au porte-serviettes de la salle de bains, à une clé d'armoire, en bouchon sur le canapé, à cheval sur un tiroir ouvert, parfois je la laisse là où elle tombe, à mes pieds sur les tomettes – je m'éparpille, je m'effiloche, un peu partout, d'une pièce à l'autre, je me dépose en morceaux. Partout, oui, car si c'est dans la grande chambre que j'ai essentiellement élu domicile, il n'est pas une pièce où je ne passe pas. C'est sans doute à cause d'elles, à cause des lumières qui se déplacent, fines, vives et furtives, le long d'une plinthe, sous une porte, en lignes continues, en pointillé comme des balises ou des propositions de chemins. Elles m'invitent à poser les yeux là où sans elles je ne verrais peut-être rien.

Pendant l'hiver, là, sur le parquet du salon, je me souviens du tapis de dentelle à cause du rideau tiré qui s'envole quand la fenêtre reste ouverte. Ce n'était que l'ombre du vent ce tapis volant à mes pieds, mais elle me caressait les chevilles quand je la traversais. Sur les épaisses tentures brunes de la petite chambre, je sais, toujours dans le soleil, la crémone qui en ombre chinoise devient tête de perroquet ou les rameaux du platane en bouquet – juste quelques petites branches presque nues, terminées par deux ou trois feuilles, avaient résisté au mistral de l'automne ; les fenêtres étaient fermées, mais à seulement regarder les tentures, j'entendais le vent, et à voir frémir les feuilles sèches et cassantes, je les entendais l'une contre l'autre se frotter. J'entends tout ça encore, même si aujourd'hui l'été fait chanter la frondaison des platanes autrement. J'entends, dans la chaleur étouffante, la mélancolie des échos de l'hiver.

J'aurais pu me douter, le vide dans la Grande Villa, quand un courant d'air devient caresse et quand les feuilles font conversation, on les écoutait, on prenait un peu le temps, je te parlais des akènes derrière les vitres et leur balancement te rappelait le jeu des boules qui font tac-tac – est-ce qu'on parlait vraiment de tout ça ? Ou est-ce que je fais un film de souvenirs qui n'en sont pas ?

Nager et ne penser à rien

De la Villa, je ne sors que pour le strict nécessaire, un bout de pain et des fruits que je mange souvent par moitié. J'avale des litres d'eau, directement au goulot, parfois j'y presse un citron, pour le parfum du zeste que je laisse longtemps sur mes doigts. Mon corps se satisfait du nécessaire, je peux manger ou non, c'est égal, il ne se plaint pas de la faim ni ne revendique le repos. Il reste assis au bureau le temps que je lui impose et ne s'en écarte pas sans mon signal. Il se lave quand je le lave, se nourrit d'une bouchée de rien, un fruit sec, un kumquat de l'épicier de Noailles. Il attend son heure, quand je lui demanderai de nager, il nagera.

*

J'ai inspiré profondément. En alternant les nages, peut-être que je guette celle qui enfin ménagera un peu mon corps, chacune secrètement semble tenter un peu la douceur. Je pense grenouille et, appliquée, je me déploie, mes jambes s'ouvrent – je m'étire, je pousse et je glisse. Je m'étire, je pousse et je glisse, et la force et la lenteur ensemble disent quelque chose de la justesse. Faire lentement pour faire juste, comme quand je parle je cherche le mot qui rarement me vient d'emblée, étirant souvent les silences comme on tire un fil de sucre brûlant jusqu'à ce qu'il froidisse et se brise. J'ai le besoin de cette justesse-là qui semble conduire au plus proche de soi, qui touche le cœur et colle tous les morceaux, alors on se sent un tout, un bloc, un morceau vivant jusqu'à la moelle. Ça pourrait ressembler à quelque chose de la vérité, à quelque chose de sa propre vérité, presque comme une certitude, peut-être la seule possible et défendable : ça toucherait du doigt qui on est exactement, justement, à ce moment-là, quand on se sent comme un bloc. Ça dit le vrai de l'instant, ça dit le vivant, comme il est, oui, à cette seconde-là précisément. Je ne sais pas s'il y a les mots justes pour ce que je veux dire là.

Nager m'entraîne et m'aide, j'approche le geste juste, mes mouvements suivent le rythme de ma respiration, ou peut-être est-ce l'inverse. Je nage entre les lignes comme je marche dans la rue entre la bordure du trottoir et le mur, comme je suivrais deux rails de train en plein désert de rocaille, et la seule préoccupation est d'avancer, sans regarder derrière, seul le vent pourrait se charger d'effacer mes pas, mais je ne connais pas les habitudes du vent d'ici, j'ignore le mistral, d'où il souffle et quand il souffle, et c'est égal. Je nage entre les lignes comme j'écris sur celles de mon cahier, sans pause et en levant à peine la pointe de mon crayon – et comme on ne rebrousse pas chemin dans le désert, je ne fais pas de ratures, je les garde tous, les mots et leurs silences, qui peut-être conduiront au plus juste.

⋆

La sonnerie du téléphone a traversé la porte et descendu l'escalier de la Grande Villa jusqu'à moi, quatre à quatre, comme un enfant accourt et annonce à tue-tête l'arrivée de l'inconnu ou du vieil ami de retour après tant d'années d'absence – je me suis arrêtée sur la première marche. J'ai regardé longuement mes pieds, tous les deux serrés, ou était-ce le mur en face, les marches ou les contremarches, de cette manière dont on pose les yeux sur ce qui se trouve là, juste devant, sans la conscience de ce qu'on regarde, sans rien retenir d'une quelconque couleur ou d'une possible odeur qui en émane.

Puis j'ai fait comme si de rien n'était.

J'ai continué de monter, comme souvent deux marches à la fois, ridiculement concentrée sur l'imprimé de ma robe, une fleur dont j'ai compté les pétales à chaque montée du genou, pour moitié avalée par l'ourlet et passée de l'autre côté, puis je n'ai plus vu que ce fil vert qui dépassait, avec mes dents je l'ai coupé.

Le téléphone sonnait encore quand j'ai tourné la clé dans la serrure. Dans le combiné, un brouhaha m'a dit l'appel lointain et dans quelques secondes la voix trop aimable qui me questionnerait sur la composition de ma famille ou la nature de mon logement, sur ma santé ou la taille d'une résidence secondaire que je ne possède pas. J'ai raccroché avant la voix.

⋆

Dans sa descente vers le soir, le soleil venait de quitter le vestibule, mais en face de moi, l'armoire rouge m'a dit son passage juste avant, et la chaleur sur sa porte, encore là. J'ai laissé glisser l'anse de mon sac le long de mon bras et dégagé mes pieds de mes sandales. Et contre l'armoire rouge je suis allée m'appuyer, mon crâne et mes cheveux encore mouillés ont dessiné un rond sur le bois. On aurait pu me prendre pour une demeurée à rester là, debout dans cette pièce où la coutume veut qu'on ne s'attarde pas. J'aime le mot vestibule, qui fredonne l'Italie et dit l'antichambre de l'inconnu de l'autre côté des portes pleines, ici les portes restent toujours grand ouvertes. On aurait pu me prendre pour une demeurée, mais la solitude dans la grande maison me préserve de toute obligation à faire comme si. Et quand bien même il y aurait eu foule dans le vestibule, je serais restée contre elle : la chaleur dans le dos, contre l'armoire rouge, c'est comme une main sur l'épaule, un bras tout autour pour y poser la tête sur le côté.

La Grande Villa prend soin de moi.

Se faire confiance, mine de rien

Je t'ai encore parlé en nageant. Il faudrait des micros amphibies, des enregistreurs de pensées sous les bonnets de bain. Je me donne un mot-clé et m'y accroche, me convaincs qu'il m'aidera plus tard à retrouver le fil de celle-ci ou de celle-là dont je veux à tout prix me souvenir. Et je l'oublie. Ce soir je n'ai pas compté mes longueurs, je n'ai regardé ni les lignes des carreaux bleus au fond du bassin ni les blancs, non plus les barreaux de l'échelle.

Et mes pensées se sont échappées.

Je nage et elles filent, elles me dépassent, je les regarde nager devant. Je me sens étrangement « deux », un corps et une pensée, bien distincts tous les deux, et spectatrice de l'un, puis de l'autre, et encore. Au bout du bassin, agrippée d'une main au rebord, les jambes repliées et les pieds dans les starting-blocks contre le mur carrelé, je l'ai vue, elle, son profil vers le lointain, son regard dur peut-être et ses sourcils inquiets

– avec ses cheveux devant, on ne voit rien de son visage, mais on entend, ça bout dedans, ça fait se soulever la poitrine et ça déborde, on l'entend qui respire fort. Rosa la Rouge, dans son corsage blanc, les bras ballants, si lourds jusqu'à ses hanches, un soir au musée d'Orsay j'avais vingt ans. À peine vue la petite toile, pour toujours retenue, blottie dans un coin comme un secret. J'ignorais ce qu'elle me disait et pourquoi à moi, les amis qui m'accompagnaient ne l'avaient pas remarquée, et par peur de la perdre, à la boutique du musée je l'avais cherchée dans le tourniquet des cartes postales ; la reproduction a suivi tous mes déménagements. Le tableau est retourné à Philadelphie, là où une collection le consigne, j'aime l'idée de son voyage, un jour, jusqu'à moi, quand les hasards ressemblent à des évidences, on cherche à les nommer autrement.

Au bout du bassin, elle m'est revenue, avec la même force que ce soir-là au musée, Rosa la Rouge, dans son corsage blanc, presque une compréhension a posteriori ou un bout de miroir à retardement. Rosa la Rouge, grâce à toi peut-être, grâce à ton regard qui va si loin, j'ai aujourd'hui perdu le compte de mes longueurs. Les additions se sont échappées par les grilles d'aspiration et j'ai aussi oublié les mots-clés, mais ce n'est pas important. Les nécessaires, les pensées essentielles, si elles le sont, reviendront. Soudain, je leur fais confiance.

À cette heure de la journée, le soleil plonge dans le bassin par la grande baie vitrée ouverte sur le toit-terrasse. Comme sur le carrelage dans la cuisine de la Grande Villa, il dessine et remplit une fenêtre à la surface de l'eau. J'ai ajusté mes respirations pour sortir la tête à cet endroit précis où l'eau miroite. Puis, les chevilles soudain souples, battant des pieds comme des palmes, je suis restée un instant debout dans le carré de soleil. Je sais que je ne boirai pas la tasse. Demain, peut-être, j'irai à la mer.

★

En rentrant, j'ai marqué une pause et prêté l'oreille au pied de l'escalier : le silence, cette fois, a fait trembler mes jambes. Il est dans le vestibule, sur un meuble à trois tiroirs, à droite de la porte quand on entre, j'ai haussé les épaules en le regardant : ce téléphone est inutile, je l'ai débranché et rangé dans le tiroir du bas.

★

Écrire calme un peu le flux de mes pensées, peut-être parce que je ne peux en transcrire qu'une à la fois. Je me tiens à distance et elles me surprennent, je les vois venir, l'une après l'autre se coucher sur le papier ou comme un banc de petits poissons s'échapper, je ne fais rien pour les retenir – je les laisse passer, je les regarde « nager devant ».

Avec le soir s'évanouissent les bruits. Des jardins potagers comme des amitiés serrées au pied de la Grande Villa montent encore quelques voix comme des murmures à la terre qu'on rafraîchit, à son petit carré de nature pour qu'il se porte bien et reste en vie le plus longtemps possible. L'odeur des plants de tomates ne monte pas jusqu'à ma canopée, mais je pense à la mousse du savon quand on se lave les mains, verte comme les feuilles si on les a pincées. Les dahlias n'ont pas un parfum sucré comme souvent les fleurs, juste une petite acidité dans ma mémoire, et je ne sais pas l'écrire – peut-on trouver les mots pour toutes les odeurs ? Je me dis, qui n'a jamais joué à écarter les minuscules pétales qui, à la manière des petites feuilles du cœur de l'artichaut, enferment celui du dahlia, ne peut imaginer l'odeur qui reste sur les doigts, quand bien même je trouverais les mots pour la dire. Ce serait un peu comme expliquer aux habitants d'une contrée chaude et désertique que le vert sent l'herbe coupée ou le sapin de Noël.

Dans le crépuscule, les voix ne sont pas les mêmes qu'en plein jour, elles n'ont pas besoin de crier pour se faire entendre et on dirait qu'elles ne se dépêchent pas – est-ce un peu comme ça qu'on parle en plein désert ?

Je laisse les fenêtres ouvertes, toujours, dans la Grande Villa, que ce soit l'été ou l'hiver. Ce soir, à chacune des crémones, j'ai noué un chiffon imbibé de citronnelle.

Les derniers jardiniers rangent leurs outils, je les écoute partir.

La nuit petit à petit entre par la fenêtre, je la regarde faire.

ET LES ANGOISSES DE REMONTER À LA SURFACE

Et j'ai marché le long de la corniche pour aller nager dans la mer, dans ses courants, ses habitudes que je ne connais pas, dans ses dangers s'il en est – à quoi ressemble la mer ici ? Je pense *Grande Vague* sans le mont Fuji, je vois Ulysse sur son radeau, et des rorquals et Pinocchio, et des pirogues et des barques qui ne ressemblent à rien, dessus des hommes, des femmes et des petits, tellement blottis qu'ils ne font qu'un, j'entends ma mère sur la jetée, ne t'approche pas du bord. De la digue à la pointe rocheuse, une petite plage dessine la courbe d'une palourde, c'est elle que je choisis. Pas de lignes droites pour nager, mais une cordée de bouées rouges qui délimite un bassin, un carré que se partage une petite poignée de baigneurs. Ils sont âgés, ils nagent sans bruit dans le matin clair, pas d'éclaboussures, juste le vent très léger qui caresse la mer, et l'horizon bien net, comme un trait tiré par la baguette du chef à son orchestre, alors, le soliste *a cappella*.

⋆

Je n'ai jamais vraiment su si tu savais nager. La température de l'Atlantique était-elle un prétexte, je ne t'ai vu dans l'eau que jusqu'au nombril et seulement une ou deux fois par année. J'ai le souvenir de quelques parties de pêche aux coques, de l'estran et du sable mouillé qui fait des vaguelettes dures sous les pieds, mais je n'ai pas celui d'avoir sauté dans les grosses vagues à marée haute ou d'avoir fait la folle sur tes épaules. Peut-être que pour ne pas avoir à faire semblant d'aimer ça, ou pour ne pas avoir à faire semblant de savoir nager tout simplement, tu disais préférer les vacances à la montagne.

⋆

La mer claque doucement mon estomac, quand je ferme les yeux je la vois. L'eau d'ici est à la même température que l'air et je m'y enfonce volontiers, même si, malgré tout, comme toujours, quelle que soit la mer ou l'étendue d'eau en général, quel que soit le chaud ou le froid, le doux, le salé, l'appréhension de l'immersion va bloquer ma respiration. Je vais plonger quand même, descendre vers le fond, et remonter très vite sans y penser, en panique comme toujours, pour vite reprendre de l'air – est-ce la mémoire de la toute première fois qui se joue à cet instant-là, la tête hors de l'eau, la seconde de la naissance, les poumons qui s'enivrent d'air ?

Il me revient autour de la taille le frottement des flotteurs sur la peau quand on m'a donné des leçons de natation. Ils étaient cinq, le premier jour, six, peut-être sept, une fratrie de pains bleus en polystyrène attachés à une ceinture en plastique souple et blanc, bouclée sur mon ventre : on les ôterait un par un au fur et à mesure qu'il me pousserait des nageoires – et je prenais pour argent comptant l'humour du maître-nageur, m'endormant, la veille de mes leçons, avec l'image d'un ou deux ailerons perçant le creux de mes omoplates. Je suis capable de reprendre la posture de ces matins-là, quand sur le bord de la piscine, j'attendais le signal, les épaules en dedans et entre les deux ma tête rentrée, les bras croisés, une jambe pliée, l'autre tendue, chacune leur tour, inversement, les dents qui claquent, et le sentiment d'être nue comme un ver, d'être une proie aux piranhas quand le maître-nageur criait de l'autre côté du bassin, allez saute, dépêche-toi. Il me revient le frottement des flotteurs qui rougissaient ma peau et selon ma posture me faisaient mal aux côtes, aussi le vent froid qui faisait trembler les gouttes d'eau sur mes bras mais ne les chassait pas, et le frisson, tout entier, sur le bord et pire parfois sur le plongeoir, lequel était mon cauchemar. Il me revient le froid partout, de ces matins à ciel ouvert, de cette eau bleue comme dans les magazines qu'un seul et timide soleil d'avril ne tiédissait pas.

Au matin de la dixième semaine de mon apprentissage, il n'est resté qu'un seul flotteur à ma ceinture, qui a suffi à décider que je savais nager, et on ne prendrait même pas la peine d'une ultime leçon pour vérifier. Pour ma part, cela signait la fin du supplice hebdomadaire et mon soulagement accompagné en secret de la quasi-certitude que jamais je n'irais dans la mer là où je n'aurais pas pied ; mais ce n'était pas grave. Ce dernier flotteur qui bringuebalait, sans les autres pour se tenir bien droit, c'était avant tout sortir de la piscine enfin légère et monter dans la voiture en m'exclamant : « Ça y est, je sais nager ! » Et ce jour-là, pour la première fois peut-être, pour être à la hauteur de ce qu'on attendait de moi, j'ai fait semblant de savoir. Oui, c'était probablement la première fois.

⋆

J'ai à nouveau emprunté la corniche, cette fois par le bus et jusqu'à son terminus qui, m'obligeant à descendre, a choisi la plage à ma place. Le sable n'y est pas fin, des brisures de coquillages et des cailloux plus gros que des grains de gros sucre collent aux jambes, entre les orteils, dans le creux des genoux et par paquets derrière les mollets, ils font des trous dans les coudes quand, allongé sur le dos, on s'appuie sur les avant-bras. Il est encore tôt, seul un coureur sur la grève et pas encore de surveillants de baignade, un peu la fraîcheur et la lumière métallique qui dit la peine du soleil à percer le ciel épais – le matin se loge un peu partout dans tout ça.

J'ai de la mer jusqu'aux genoux, grise comme les nuages ronds et gonflés qui approchent, sombres comme la menace de l'orage, et je sursaute au fracas qui survient de là-haut – *Patatras ! Patatras* comme dans les vieux livres pour enfants, *Patatras* quand il éclate, et il éclate encore. Le faiseur de tonnerre hisse son butin comme un trophée vers le ciel, celui qu'on n'imagine pas, le ciel bien au-dessus de celui qu'on voit d'en bas, il hisse son butin et le lâche, des piles de longues planches qu'il chaparde aux villageois, il passe sa vie à ça, le faiseur de tonnerre, à courir le monde pour dérober des planches, il rit et il râle, il sue, il bave, elles se fracassent sur les pages de mon cahier, j'ai six ans, peut-être sept – *Patatras !*

Enserrés par le sable, mes pieds s'enfoncent jusqu'aux chevilles quand se retire la vague, je chancelle, le ressac est violent, qui me « tire en arrière », *resacar* dit le vieil Espagnol et je résiste pour rester en avant. Des ruisselets s'échappent de sous mes pieds, de chaque côté et entre mes orteils, ils creusent le sable comme les ramifications des algues, les empreintes de cheveux qu'elles laissent sur les plages de l'Atlantique à marée basse. Bras croisés, claquement de dents, contracter les muscles, tous, les fesses et les cuisses pour ne pas perdre l'équilibre ou la mer va m'engloutir – il reste un flotteur à ma ceinture, l'immensité me tétanise.

Mais je ne suis pas seule.

Derrière mes paupières, une main vient prendre la mienne, une main plus grande, qui l'enveloppe et la serre, qui dit, ne sois pas inquiète, allez viens. Elle dit, je vais te montrer, je vais t'apprendre, le tonnerre et pourquoi le tonnerre, les cumulus, les nimbus, la lune et les marées, les abysses et les ténèbres, elle dit, je vais t'expliquer, tu comprendras, tu n'auras pas peur. Les nuages s'unissent pour ne former qu'une couverture de ciel et la mer est maintenant foncée comme de l'encre noire un peu diluée, des grosses gouttes font des trous dedans et des ronds autour, je rebrousse chemin. Le coureur rejoint le front de mer, une dame replie sa serviette. Le temps de me rhabiller, je serai sûrement la dernière – oh ce film, derrière mes paupières, il ne date pas d'hier, juste une main que je convoque ou qui, d'elle-même, par habitude, si souvent revient.

★

La dernière fois, les nôtres, nos mains ensemble, c'était les miennes autour de la tienne, sans la serrer pour ne pas te réveiller. Je m'étais assoupie à tes côtés.

OÙ ES-TU ?

Tu es là, dans la Grande Villa. Toujours, toutes les portes restent grand ouvertes, il n'est pas une pièce qui n'ait pas entendu ta voix. Je me lève avec la volonté de rebrancher le téléphone, c'est ridicule, je m'assois sur le lit, me laisse tomber sur le côté, en boule, toujours, par réflexe, par instinct – ne pas tomber, ne pas me perdre.

★

On s'appelait le plus souvent dans la matinée, quand tu étais seul. Tu disais avoir souvent un peu froid, mais que, bien couvert, tu faisais quand même, comme d'habitude, tes deux heures de marche quotidiennes.

★

Je me relève, je traîne les pieds, adolescente dégingandée qui ne sait pas dans quel sens marcher, dans quel ordre se mettre, à la fenêtre sur mes coudes, le menton dans les mains. La nuit a mangé l'horizon, j'ai oublié de dîner – est-ce qu'on peut pour toujours méconnaître la faim ? Si je tends les mains, je peux toucher des feuilles du platane, et j'en saisis une sans la cueillir, l'enferme juste entre mes paumes, très à plat. Je veux appuyer fort comme une presse, avec beaucoup de précaution pour ne pas faire de pli, mais au lieu de ça, je laisse un maigre espace entre la feuille et ma peau. Ainsi, je peux sentir son duvet, juste un peu, et même à peine, juste ce qu'il faut de vivant. Il faut ça parfois pour respirer au plus profond, un millimètre de duvet qui caresse ou quelques degrés de soleil sur un centimètre de peau.

Pour la mer qui clapote contre mon ventre, maintenant, si j'étais téméraire, je retournerais sur la plage, j'irais nager dans le noir.

*

Il nous arrivait d'interrompre exprès la conversation. De faire mine d'oublier quelque chose, de prétexter une petite urgence pour tout simplement nous rappeler un peu plus tard – se parler en plusieurs fois, deux ou trois dans la même heure, ça découpe le temps en petits morceaux qui rendent la solitude moins épaisse. Tu disais lire le journal malgré ta vue lunatique, que près de la fenêtre, à la lumière du jour, c'était faisable, et que donc, bien évidemment, tu prenais le temps de lire les nouvelles. Que l'ordinateur par contre, oh, pas d'urgence, tu l'allumerais plus tard.

*

Un crissement annonce le passage d'un train, probablement le dernier avant le petit matin. Son entrée en gare, un peu plus loin en contrebas de la Grande Villa, est imminente, et le silence va prendre place, là-bas dans le hall, aussitôt les passagers sortis, le long des quais, dans les wagons vides à l'arrêt, et le sommeil va se répandre comme une fumée qui éteint les humains. Aux enfants, on dit que le sommeil est un train justement, que pour dormir il suffit de monter dedans et qu'il fera berceuse, ah vous dirais-je maman. Je le regarde s'éloigner, longer les fleuves et la mer, serpenter à flanc de montagnes et disparaître dans les tunnels, chaque nuit je le manque, son heure n'est plus jamais la mienne, mais j'ai arrêté de courir après, je me dis qu'il reviendra.

*

Ce n'était pas vrai, tu ne lisais plus. Tu en perdais le goût, et sans cesse changer de lunettes t'a agacé, puis mis en colère. Tu n'as plus allumé ton ordinateur – quel bouton, où cliquer, le plus simple est subitement devenu un casse-tête, puis un mystère. Alors, l'impatience, comme l'enfant, puis la colère, dans tes mains, dans tes sourcils qui se lèvent, je les ai entendues au téléphone, aussi ton impuissance dans tes yeux qui regardent par la fenêtre de la cuisine, le ciel nuageux, les toits de la ville ou le jardin en bas, ou peut-être seulement des masses informes, l'illusion de tout ça, le souvenir puisque tu ne voyais presque pas, seulement en oblique à condition de tourner la tête – « je ne peux plus regarder la vie en face », et tu en souriais quand même. Un matin, tu n'as pas trouvé les mots pour lire l'heure à ta montre, puis un autre, tu ne savais plus d'où je t'appelais, tu as commencé à t'égarer dans le temps, à inverser les villes et à t'en rendre compte, à répéter tout bas, mais qu'est-ce que je raconte ? Je t'ai vu au téléphone, tu t'es frotté le front, et puis l'insupportable s'est mis en travers de ta gorge, qui t'a empêché de finir ta phrase. Tu as aussitôt chassé le silence pour ne pas que je l'entende : tu as raccroché, sans me dire, à demain, je t'embrasse.

Es-tu allé regarder par la fenêtre, de la cuisine ou du salon, de la cuisine et du salon, en faisant les cent pas, face au ciel, aux toits, au jardin, au brouillard, au noir complet, je ne sais pas – j'ai entendu la solitude se répandre comme une coulée de lave à l'intérieur de toi et tapisser toutes les parois, un ciment épais qui ne laisse pas une bulle d'air, qui colmate et qui calfate.

Pour la première fois, j'ai ressenti que tu étais mortel – oui, pour la première fois, à cause de cette coulée-là – que je n'arrêterais pas.

★

Je numérote les pages, dans le coin en bas, compter à nouveau pour ne pas couler, s'accrocher aux chiffres comme à des anneaux scellés dans le mur, pour ce qu'ils ont de solide, d'indestructible, comme un pilier de béton armé ou une coque de paquebot, du boulonné, du riveté, ils sont là et ça ne bougera pas. Les jeter comme une ancre, mais les lignes malgré tout vacillent, et sans elles je perds l'équilibre, entre elles je perds pied dans le blanc, dans le grand vide comme c'est le vide quand on ne pense à rien – est-ce parce qu'il est innommable qu'il est terrifiant à ce point ?

★

La dernière fois nos mains ensemble, c'était les miennes autour de la tienne, sans la serrer pour ne pas te réveiller, comme on enveloppe une fleur épanouie, une main en cloche par-dessus l'autre pour ne pas la froisser. La dernière fois nos mains ensemble, c'était les miennes autour de la tienne, je m'étais endormie à tes côtés. Et de cette sieste, tu ne t'es pas réveillé.

Le vide prend tous les draps

Je pleure dans la Grande Villa. D'une pièce à l'autre, je m'éparpille, je m'effiloche. Dans le canapé du salon, je m'enfonce, je ramasse mes genoux dans mes bras. Fait-il jour, fait-il nuit, un réverbère s'éteint qui dans la rue tire un voile opaque, je titube, tout est chagrin. Un rideau que le vent chasse ou la vague qui se retire, un nuage qui laisse le soleil derrière lui : je pleure après tout ce qui s'en va. Et je ne retiens rien, ni les pensées ni les mots. À peine formulés, ils s'égaillent.

*

Écrire n'est plus à ma portée, j'avance sur une coulée de bitume blanchie par les frimas, ça glisse et je dérape. Pas d'horizon, pas de ciel qui se détache, c'est un supplice que d'écrire, sculpter la pierre avec les ongles reviendrait au même ou fouiller une grotte sans lampe frontale, aucun signe, aucun message sur la paroi. Pas un mot. Que je gratte à sa porte ou que je cogne, l'écriture ne répond pas, et quand je cours et la rattrape, elle change de trottoir et chausse des lunettes noires. Je perfore mes pages de blancs, de « peut-être » et de « sans doute ». Ça répond absent. Aujourd'hui, puis demain. Et les mois passent pendant que je me tiens la tête entre les mains, pendant que le monde avance, et je n'y suis pas. Ça dit le blanc sur le papier. Ça veut hurler mais ça se tait, ça dit le néant. Oui, une espèce de nouvelle existence malgré moi, d'où je me dis que rien, aucun mot, plus jamais, ne sortira.

Je suis en morceaux, je marche à côté de moi. J'éparpille la poussière avec un balai à franges, mes gestes maladroits font serpillière, pas d'allure, pas de soleil – et quoi maintenant ? Mon pied cherche un coin de drap frais, non, je ne suis pas dans mon lit. Le canapé. Chien de fusil, tout dans le coin je me tapis. Des ailes qui vibrent. Claque sur la joue. Le réverbère éteint. Pour de bon, les mots s'en vont, foutraques, j'appuie mes paumes sur mes oreilles. Ils sont débris, météorites, qui explosent, bang, qui s'embrasent puis se dispersent et tombent en poussières. Alors le grand silence.

Ça peut ressembler à l'amour quand il s'en va, à l'amant qui du jour au lendemain ne donne plus de nouvelles ni n'en prend. Ça ressemble, oui, peut-être parce que la douleur prend sa source au même endroit. Là où ça dit l'abandon, où ça fait déchirure dans le ventre. Alors ça rend fou, ça rend désespéré, parce que d'un coup, ça enlève le sens, le pourquoi on est là – et peut-être qu'avec l'écriture, c'est plus cruel encore.

⋆

Ne plus écrire. Si la perspective n'est pas concevable, elle laisse malgré tout entrevoir un presque soulagement par ce qu'elle immisce comme présage – respirer normalement peut-être et dormir enfin, être légère une fois la lampe éteinte et les manuscrits à la corbeille, sans les tourments qui grondent comme la mer, le ressac qui jamais, jamais ne cesse. Ne plus écrire pour cesser de se rouler en boule et ne plus chercher à percer les mystères, ne plus connaître la solitude qui fait descendre dans le noir, qui rend insupportable la présence de quiconque et de quoi que ce soit d'autre, jusqu'à la main de ceux qui m'aiment, jusqu'aux sourires et aux rires de qui marche léger, et jusqu'au monde lui-même. Sans lui, sans le monde pour écrire, je ne suis rien, et en même temps je me ferme à lui en m'enfermant dans le mien, entre les murs que les mots construisent, au fond de la grotte, en quête d'une petite lumière qui me soufflerait, sait-on jamais, où je vais, d'où je viens.

Ne plus écrire pour être enfin au repos, et accepter le mystère, éteindre la lampe la nuit, la lampe le jour au-dessus de la tête, toujours ce rond jaune qui dessine une piste de danse, mais soudain je ne sais plus les pas, et mes yeux brûlent, mouillés ou trop secs de rester toujours ouverts, à les chercher, à les attendre, un peu comme quand on regarde longtemps la mer. À cause du vent, toujours. Le vent et la mer, ces deux-là, toujours ensemble.

J'ai perdu les mots, et leur absence creuse le trou dans mon ventre, l'écho de ton départ résonne dedans. Et ça brûle, oui, comme longtemps le thé brûlant sur la langue.

⋆

« *Ce que nous avons eu, que nous avons perdu, qui est parti, laisse en nous un vide permanent, irréparable. Faire de la littérature, c'est cet exercice qui prétend remplir les espaces vides de la mémoire, tout en sachant que c'est impossible* », écrit l'écrivain guatémaltèque – quand, le jour, la Grande Villa accroche du soleil aux rideaux, la nuit elle éclaire les étagères du salon et m'ouvre des livres comme des petites lumières qui baliseraient un chemin, ma route sans paysage, rien qui dépasse, ni un mur, ni un arbre, juste des lignes comme des rails que j'invente pour ne pas perdre l'équilibre dans la nuit très noire.

Je marche sur le bord de la route avec mes sacs.

Le mien, et aussi le tien, que tu m'as laissé en partant ; tu étais un peu à l'étroit dans ta boîte, il n'y avait pas de place pour des bagages. Je marche et je marque des pauses sur le bas-côté, les yeux par terre, les bras trop longs.

J'ai mis ton sac dans mon sac.

Ils pèsent des pierres, ils pèsent trois tonnes – c'est quoi dedans ?

★

« *Ce que nous avons eu, que nous avons perdu, qui est parti, laisse en nous un vide permanent, irréparable.* » Oui. Reste à faire de la littérature pour remplir les espaces vides de la mémoire – comment ferais-je littérature dans le noir ?

Et quand bien même les mots reviendraient et se rangeraient par deux ou par trois entre des virgules et des points, quand bien même ils reviendraient en désordre et sans virgules et sans points, qu'écriraient-ils qui n'a jamais été écrit ?

★

Dans le miroir du vestibule, posé à même le sol, je vois la Grande Villa, vieille dame qui veille et me regarde. Sa main dans le dos, je ne l'invente pas, non plus ses livres sur les étagères, ses petites lumières et ses fenêtres ouvertes. Même le soir, les tomettes restent tièdes. La Grande Villa accueille la nuit et m'enveloppe dedans, je me laisse faire – quand les questions ne trouvent jamais de réponses, quand la mort nous rend visite, on est tellement petit comme ça.

Contre l'armoire du vestibule, j'appuie ma tête.

De la nuit qui s'installe

Peut-être faut-il des nuits comme celles-ci qui ne veulent pas du matin, parce qu'elles donnent aux mots le temps de dormir un peu et la chance de renaître. Des carrés de potagers monte l'odeur de la terre qui se repose, et c'est maintenant tout ce qu'on entend, un peu de la fraîcheur qui s'allonge et des dernières fleurs ouvertes qui penchent la tête. La nuit est là, entre le toit et les pattes des chats, au pied des fraisiers sur la paille, partout, jusque dans le cœur serré des dahlias. Et on dirait qu'elle veut prendre la parole. On le devine, ce moment-là, tout comme en plein jour on sait quand le soleil percera les nuages, on le pressent parce que la nuit inspire et on l'entend. Elle va chercher au plus profond, quelque chose qui s'éveille et s'étire, quelque chose qui monte si doucement que peut-être on n'entend pas. Elle va chercher ces mots-là, les jamais dits, qui viennent de si loin qu'on croit ne pas les connaître, qu'on ravale ou qu'on bégaye, que peut-être on repousse pour les regarder dégringoler comme des cailloux la montagne. C'est alors à ce moment-là qu'elle vient à la rescousse, peut-être quand elle sent qu'on s'empêtre – on dirait que la nuit parle à notre place.

⋆

Dans le miroir du vestibule, cette fois je m'aperçois qui passe. C'est pour demain, après-demain, c'est dans quinze ans, un jour mon corps aura l'âge que tu avais quand j'ai porté mon premier enfant, celui des taches brunes et de la peau fine qui fait des petits plis sur le dos des mains. Sur le miroir, je fais de la buée avec ma bouche, longtemps je souffle pour que le rond soit grand. Elle se dissipe et à nouveau je la vois, elle, la Grande Villa, son grand âge dans ses volets qui ne ferment pas – mentir est impossible, j'aurais le sentiment de la trahir.

*

Mon sac est lourd, qui porte ton sac. Il pèse des pierres, il pèse trois tonnes. C'est ta douleur que je trimballe.

Et la nuit d'ouvrir les sacs

Tu l'as pourtant fait taire, mais les tours de clé n'ont pas suffi. Lourde comme les pierres, oui, ta douleur dans mon sac, et de tous les instants, ton attention à ne pas la laisser paraître – de quoi avais-tu peur ?

Il t'importait de connaître le monde et de posséder

le savoir, aussi les avais-tu tous les deux installés dans le salon, mais un peu à l'écart comme quelque chose qu'on redoute ou qui effraie, il fallait pousser le fauteuil pour aller jusqu'à eux et ouvrir la vitrine – malgré les années qui passaient, toujours ça sentait le bois neuf. Tout l'univers était là, tranché en vingt et un volumes et un index, ce que disait, sur leur dos carré, le nom même de la collection en lettres d'or : une acquisition exprès pour nous, oui, le monde à portée de main, droit comme un « I » et dans l'ordre croissant, et on grandirait avec. Ce qui fut un peu chose faite. On le dérangeait avec précaution, pour préparer un exposé, résumer l'Antiquité, éclairer les grottes ornées ; on étalait quelques volumes sur la grande table, parfois aussi sur le tapis, le dimanche pour briser l'ennui et le plus souvent, pour te faire plaisir.

Je n'ai pas le souvenir d'avoir beaucoup lu, je regardais les images. Et je feignais de tout comprendre. Bien des choses pourtant m'étaient obscures, des drôles de peuples, des batailles, les planètes, la croûte terrestre, mais jamais je ne fronçais les sourcils ni ne levais la tête vers toi – pourquoi est-ce que je ne te demandais pas ?

⋆

Tu n'avais pas les réponses, et tu ne les cherchais pas. Jamais tu n'ouvrais un volume, mais tu nous rappelais régulièrement de le faire, nous répétant combien c'était important le savoir, et ton petit coup de tête sur le côté nous faisait comprendre que c'était aussi de l'argent, tous ces livres, vingt et un quand même, ce serait bien que ça serve. Tu n'avais pas les réponses et c'est là, dans le silence épais de l'ignorance, que se logeait ta douleur. Pour la cacher, tu as pris l'habitude d'inventer des stratagèmes, tu faisais diversion, tu jouais les fanfarons ou te mettais en rogne, prétextais n'importe quoi, ton bureau à ranger, la nappe à secouer, une lettre à poster qui t'emmènerait à des kilomètres de mes points d'interrogation – est-ce pour ne pas te mettre dans l'embarras que finalement je ne te posais pas de questions ?

⋆

L'enfant qui redoute de grimper à l'échelle dit qu'il préfère les fraises aux cerises plutôt que d'être moqué en avouant son vertige. Puis il traîne son mensonge sans jamais connaître le goût du fruit et grandit en regardant le ciel en coin. Adulte, il ne plante que des arbustes dans son jardin ; il fait en sorte d'être absent quand il faut changer une ampoule au plafond, et l'échelle qui, par nécessité, est arrivée dans son garage, il la remise tout au fond, s'arrange pour entasser, devant et pardessus, des outils à long manche, des bidons vides ou des vieux vélos – ainsi il tient à l'écart la douleur des souvenirs encombrants.

⋆

À tes côtés, j'ai grandi avec ton vertige derrière les dents. Camouflé, sous couvercle, sous scellés. Grâce à lui, à ton insu, j'ai appris à me taire et à ne pas poser les questions qui trahissent l'ignorance – « tu ne sais pas, mais tais-toi », une injonction à moi-même, à mon insu, en boucle dans la tête.

Ça pèse des pierres – comment tu fais pour apprendre ?

Ça chasse les mots, ça fait aussi s'armer et empoigner une pioche pour aller les chercher, ça prend des années et beaucoup de sueur au front, ça fait finalement noircir des pages et même écrire des livres, mais la douleur est en veille qui peu à peu prend beaucoup de place, et l'écriture ne fait pas le poids. Le vide s'installe, l'écriture ne répond pas.

Alors dans ce grand monde qui avance, au milieu des gens qui mettent un point d'honneur à déployer leurs connaissances, qui pratiquent en compétition le savoir et atteignent le podium en prenant appui sur la tête de ceux qui les talonnent, mais surtout, surtout aux côtés des savants qui parlent juste et savent vraiment, je parle des savants de la littérature, de la philosophie, de toutes les sciences, ceux des grands livres et des pensées qui nourrissent tellement, ceux-là dont je bois les paroles pour grandir et qui me font me sentir si petite à chaque fois, mes mots se taisent, ils jouent l'esquive, ils se renfrognent. Ils disent, le monde est trop haut, dans lequel on nous attend.

Je sais, le silence, les bidons vides, les vieux vélos.

Je nage en apnée.

Comment écrire avec des mots qui rêvent de partir en courant ?

⋆

Oh non, bien sûr que non, cette lettre n'est pas un procès, elle est une simple adresse, comme une urgence, un souci de consolation que je t'envoie, ou est-ce un besoin de réparation que je guette ? – un *post-scriptum* qui veut te dire, ce n'était pas grave. Peut-être devrait-on installer des boîtes postales à la grille des cimetières, pour les *nota bene*, les *errata*, une sorte de lettre au Père Noël sans secrétaire pour la réponse – s'il vous plaît, pour les non-dits quand vous n'étiez pas morts, un dernier mot, promis et on vous laisse mourir en paix.

⋆

Comment ferais-je littérature avec des mots qui ne répondent pas quand on les demande ?

★

Ce n'était pas grave de ne pas savoir.

On aurait pu ensemble pousser le fauteuil et laisser toujours la vitrine ouverte, déployer sur nos genoux tous les volumes, les vingt-et-un et même l'index, sortir la loupe de sa grosse boîte et suivre le contour des cartes, se raconter l'Histoire et remonter les fleuves, faire se rejoindre les mers. On aurait mine de rien approché de nous le savoir, ou le savoir serait venu à nous – il suffisait juste de se tenir l'échelle, de grimper trois ou quatre barreaux, de regarder par-dessus le mur à quoi ressemblaient le monde, le ciel et ses nuages quand ils deviennent moutons, chevaux ou dinosaures, ou dans le creux d'une pierre, la coquille molle du tout petit escargot.

Ce n'était pas grave.

On aurait pu jeter les bidons vides, pousser les vieux vélos, apprivoiser le monde tout simplement, plutôt que la crainte de ne pas être à la hauteur – à la hauteur de quoi, à la hauteur de qui ? De quoi avais-tu peur ?

★

Ça chuchote à la fenêtre. Lentement, bien à plat mes pieds s'appliquent, je marche sur un fil. Les murs sont des balustres qui apaisent mon vertige, qui me rattrapent si je chancelle, non pas des remparts de granit qui me contraignent ou des balises, non, je trouverai seule le chemin, la Grande Villa me dit sa confiance, et je tâtonne vers la mienne.

À la fenêtre, la brise chiffonne les feuilles, qui disent que le silence n'existe pas. Ça dit le frémissement comme des nouvelles en chemin, presque une pousse du printemps qui perce la terre, la dernière neige peut-être même, ça chuchote un peu des pensées qui feraient des phrases et parleraient enfin, des chagrins qui deviendraient des idées, qui demanderaient, par où la sortie, par où le grand air, s'il vous plaît laissez toujours les fenêtres ouvertes.

À LA HAUTEUR DE QUOI ?

Était-il si grand qu'il t'impressionnait à ce point ?

On dit de ton père qu'il était curieux du monde. Il voyageait souvent, possédait un Kodak et développait lui-même ses photos, lisait le ciel avec une lunette, fréquentait les salles des ventes, collectionnait les timbres, les cartes postales qu'il rangeait par ville ou par date – ou était-ce par souvenir ou par secret ? L'homme ne se racontait guère, qui passait ses soirées dans son bureau et partageait rarement le souper familial. Ses souvenirs de voyage, ses livres, ses dictionnaires n'en franchissaient pas le seuil, même la musique que jouait son phonographe il la gardait le plus souvent pour lui tout seul – es-tu jamais entré dans son bureau ? L'homme marchait devant, semble-t-il, sans regarder derrière, puis tu as eu seize ans et il est parti pour de bon. À la place de l'école pas bien finie, tu as signé pour les colonies, tu as pris la mer et plus tard une vingtaine de centimètres en coiffant un képi – était-ce un moyen d'être aussi grand que lui ?

Sous-off Cherchell fatma, Batna djebel et fellagha.

Je connais dans la boîte en fer-blanc tes photos à petite dentelle, la jeep et les palmiers, la mer toute calme derrière, le blanc de la lumière. *Sous-off Cherchell fatma, Batna djebel et fellagha.* Je n'aimais pas le ton, tu le sais bien, sur les photos ton regard grave qui joue les grands, tes certitudes d'avoir raison, et plus tard les galons, les médailles et tout ça, le sang impur, les bataillons.

Je les connais dans la boîte en fer-blanc, j'en ai même une sur mon bureau : tu y es seul, sans l'uniforme, les yeux ailleurs – étais-tu triste ou en colère ?

Qu'est-ce que je sais de ton chagrin ?

Avoir vingt ans, perdre son père, qu'est-ce qu'on se dit dans son treillis ? Alger la blanche, oui, et avant la mer de Chine, le Tonkin, la Cochinchine. Tu pensais quoi au bastingage ? Combien de semaines, combien de nuits ? Avais-tu mal, avais-tu peur ? Et des fiancées, en as-tu eu, qui étaient-elles ? As-tu aimé pendant la guerre ? Et as-tu tué ? Qu'as-tu vu que t'a montré la guerre ? Qu'as-tu fait qu'elle t'aurait fait faire ?

Elle t'a mis à la hauteur – est-ce que c'était ça que tu attendais d'elle, qu'elle te permette d'être enfin grand pour atteindre la poignée du bureau et pousser la porte derrière laquelle, enfant, tu attendais ? L'homme de dos semblait bien grand, la guerre t'a mis à sa hauteur – était-ce ça que tu attendais d'elle ?

⋆

On aurait pu s'asseoir dans le salon, sortir la loupe de la grosse boîte, tu m'aurais dit ton petit savoir, le tout petit, le tout fragile, tu m'aurais dit tout ça, ton monde à toi, ton monde à l'intérieur. Et ta douleur du fond du sac, celle de ne pas posséder le savoir, que l'homme de dos gardait pour lui.

ET MOI, JE COURS. TOUJOURS JE COURS.

Je ne sais pas et j'imagine. Sur une plaque de verre ou dans un vieil album en cuir, je découvre un visage d'un autre siècle, j'en fais un film en noir et blanc, un court-métrage qui me fait rire, je précise dix-neuvième dans mon générique, qu'il ait été contemporain de

Nietzsche, de Jaurès ou de Marie Curie me rend bêtement admirative. Comme à un cerf-volant, je m'accroche au fil du savoir, le vent me fait courir sur une plage sans rochers, sans herbes dans les dunes, toujours rien qui dépasse et pourtant je me cogne. Aucune âme qui vive dans ce désert, à moins qu'au fond de ce paysage sans accroche, très loin, peut-être, quelqu'un tout seul, quelqu'un de dos – est-ce lui qui court devant ?

Qui était-il, un solitaire, un voyageur ? On ne sait pas trop, et j'imagine. J'ai de ton père son portrait sous un vieux verre, son bureau à tiroirs et des lunettes de soleil rondes, une bien jolie fontaine de Rome épinglée sur mon mur, des bons baisers d'Italie ou d'Alsace à l'encre violette, sa collection de cartes postales, une boussole et un dictionnaire à son nom. J'ai dans la tête un homme de dos. On dit de lui qu'il guidait son cheval d'une main parce qu'il tenait un livre dans l'autre.

Bien des fois je cours sans même m'en rendre compte, aux bastingages j'aime être seule, j'aime les gares et les tableaux des départs, les heures et les minutes qui cliquettent, on se dit au revoir, on s'aime quand même, oublie-moi vite, je t'appellerai. Toujours je cours après les trains, voyager seule, c'est un besoin, parfois j'en pleure – qu'est-ce que je cherche ?

Peut-être que je cours après une ombre, depuis que je sais mettre un pied devant l'autre, qui jamais ne se retourne, que jamais je ne rattrape. Peut-être que je combats des tourments qui ne sont pas les miens et que je pleure à éplucher les oignons des autres.

Toujours je cours et je guette les grandes mains et les mains fortes qui me guideront et m'apprendront, qui me feront la courte échelle, je m'y blottis, je m'y attarde. Si souvent derrière mes paupières, je l'invente, cette main qui me répète, ne sois pas inquiète, allez viens. Toujours je cours pour tout apprendre, pour ne rien perdre, je veux toucher le ciel, je cours après les grands, après plus vieux que moi, je guette les cheveux blancs, parfois j'en fais des maîtres, je peux en rire, parfois j'en pleure, j'en fais des princes car il arrive bien sûr que je m'égare, que je me trompe, que je mélange, et leur savoir et mes attentes, et le désir et même l'amour, enfin peut-être, je ne sais pas bien, de quel amour est-ce que je parle – c'est quoi, être savant ?

Dans le vent, dans le désert, je me cogne et m'érafle à des rocs, à des montagnes que je suis seule à voir.

★

« *Que crois-tu qu'on sache* », m'écrit le poète, « *jetés dans le mystère ? Personne ne sait rien, on s'appuie sur du vide, on marche comme Santōka.* » Un pied après l'autre à travers les campagnes, en posant ses yeux sur l'instant, le vieux Japonais, au fil de ses errances, s'est nourri du savoir simple que souffle le vent. « *À chaque instant que nous traversons, nous assimilons secrètement une infinité de perceptions, qui nous constituent, sans aucun repère de compétence comme le ciel et l'horizon de notre solitude.* » Le savoir se décline au pluriel, qui ne peut se contenter d'un contenant encyclopédique – « *Le berger et le savant sont au même endroit, l'écart entre eux est une simple affaire de nuance.* »

« *Que crois-tu qu'on sache ?* » m'écrit le poète.

La nuit respire à la fenêtre – si je regarde le ciel sans ciller, est-ce que je verrai les étoiles naître ?

ÉCRIRE, C'EST PEUT-ÊTRE ÇA

À la fenêtre, à nouveau ça chuchote. Le platane est au bout de mon bras, qui vient caresser les carreaux. Autour de la Grande Villa, tout autour, des halos blancs, des ronds jaunes, des points rouges comme des paires d'yeux qui l'observent, qui la traquent, la montrent du doigt, non rien de tout ça, mais partout de la bienveillance, j'entends une invitation à regarder derrière moi, à la regarder elle qui me console depuis que je suis là, je me retourne. Sur le mur de la grande chambre, c'est cinéma.

Des brassées de branches bleues, des ramures au plafond, des feuilles comme des millefeuilles se superposent : les réverbères et les enseignes, les feux alignés le long des rails, et aussi une demi-lune, les lumières du dehors entrent par toutes les fenêtres et projettent les platanes en couleur, découpent leurs silhouettes en ribambelles, un léger coup de vent et c'est un ballet dans toute la pièce, les couleurs dansent, et mes pieds se délient, je cours au salon, je saute d'une pièce à l'autre, la nuit tapisse la Grande Villa, des cymaises tombent du ciel, les couleurs pirouettent et peignent des tableaux en direct. Je fais des pas de côté, des échappés, des balancés, je danse avec la lumière, et quand le tournis m'assoit par terre, je souris en rêvant le peintre de cette galerie de tableaux qui, en larges coups de brosse, en petits traits de pinceau, en trois aplats, de déboulés en grands jetés, vole et déroule par l'ample geste de ses bras des mètres d'étoffes, des dorées, des cuivrées, des lilas, des pans de dentelles jaunes comme des apparitions. Et je me dis que c'est sûrement d'un long voyage intérieur que revient le peintre, qui le rend si joyeux, si libre, et qui le fait danser comme ça.

Écrire, c'est peut-être ça. Un peintre qui s'envole et des lumières qui dansent. Un arbre qui respire, la nuit au bout des doigts ? Un souffle malgré la mort. Tout ça qui veille et qui grelotte au vent comme un ruban, qui se réveille soudain et laisse en repartant un goût d'éternité dans nos mémoires.

Tout ça, la poésie, qui dit le cœur qui bat et les mots qui chuchotent, un nuage qui se prend pour un cheval, un petit escargot à la coquille molle, cette encyclopédie vivante dont les volumes ne se comptent pas.

Dernières fois

On me dit, tu pars bientôt, profite du grand air, retourne à la mer. Aujourd'hui ressemble à un jour maussade de plein été qui fait les peaux en vacances se reposer du soleil. Les nuages frisent comme les cheveux avant l'orage – je ne prendrai pas le chemin de la corniche. Dans mon sac je jette serviette, lunettes et maillot de bain, j'enfile mes sandales et ne prends pas la peine d'attacher les lanières, je descends vite, je marche un peu légère. *Patatras !* Le tonnerre gronde, ça va dégringoler au-dessus du ciel, non, je n'irai pas me baigner dans la mer. Je cours presque, je cours un peu légère, j'ai oublié mon porte-monnaie, allez-y, ce n'est pas grave, vous paierez demain, on vous connaît.

Dans le vestiaire, en deux secondes je suis prête. Ma robe à fleurs ne pèse rien, je la suspends au cintre en gros plastique comme un bouquet qui sécherait, mes sous-vêtements tiennent dans ma main, j'ai hâte, je me dépêche. Par-dessus les murs des cabines, deux jeunes filles se parlent comme seules se parlent les jeunes filles dans les vestiaires des piscines, leur conversation est joyeuse, qui fait du bien, aussi sous la douche nos sourires – ah, j'ai aussi oublié ma brosse et mon shampoing. Est-ce à cause de l'orage en chemin, il y a peu d'enfants, et une ligne au milieu presque pour moi tout entière, une dame toute seule nage dedans. Mes orteils et mes chevilles sont des ressorts qui aujourd'hui me propulsent sans se tordre. Je sais mon dos bien plat, et je pense la vitesse et les fusées. Mes inspirations sont profondes et mes poumons se vident longtemps. L'autre bout du bassin, je l'atteins presque en une seule respiration.

*

Est-ce que je te parle en nageant, je ne crois pas. De temps en temps je marque une pause et regarde autour de moi les gens. Rosa la Rouge, ce soir, je ne la vois pas. Il me vient des mots que peut-être je n'osais pas, j'en égare d'autres que peut-être je perdrai pour toujours, à peine pensés ils s'évanouissent, peut-être disent-ils déjà autre chose, je ne sais pas, mais je les laisse faire et je nage à nouveau. Je respire lentement, mon corps se déploie, je pense grenouille, mais je me sens aussi des ailes, aucune crampe ne vient me mordre le mollet.

C'est la dernière fois, ici, les longueurs de bassin, les lignes de carreaux bleus, puis les carreaux blancs par groupe de quatre entre les deux. Les marches de l'échelle, les lumières au plafond, je ne les compte pas. Aucun chiffre. J'ai congédié pour de bon les vigiles à l'entrée de mon cerveau. Je prends mon temps, et aucune pensée ne passe et ne nage « devant » – peut-être qu'aujourd'hui nous ne faisons qu'une, mes épaules roulent, mes mains poussent l'eau, je nage sur le dos jusqu'au milieu du bassin où naturellement je m'arrête, là où souvent j'inspire dans la fenêtre de soleil. Aujourd'hui la fenêtre n'est pas là, il a commencé à pleuvoir et ils ont allumé la lumière, mais c'est égal, je sais son emplacement. Et les bras le long des oreilles, tendus très loin derrière la tête, je reste longtemps, les yeux ouverts sur le ciel. Les pensées et le corps quand ils ne font qu'un mettent l'écriture en chemin.

⋆

On écrit avec le désespoir, et la tristesse, avec la colère et la joie, avec l'amour aussi, oui, avec tout ça qui fournit de l'encre, ou si on n'écrit pas tout de suite avec, on en remplit des citernes pour plus tard. Depuis qu'on est petit on fait ça, on a tous un stock à portée de main, de cris de joie, de maux de ventre, de rose aux joues, de jambes qui cotonnent, qu'on écrive ou qu'on n'écrive pas d'ailleurs, toujours un réservoir plein à ras bord. Pour écrire, il faut marcher longtemps, creuser et descendre, et ramper, au risque de se cogner la tête, se briser le cou, se déboîter un genou. Il faut prendre la route avec son bâton ou sa pioche sans connaître la destination, sans savoir, où, la porte d'entrée, où, la sonnette, ne pas savoir quand, la lumière. Oui il faut descendre là où on n'est jamais allé. Parfois on hésite, on s'essouffle, on dit qu'on se fatigue mais c'est peut-être simplement qu'on a peur, du noir et du grand silence. Et de l'inconnu qui s'y cache.

Oui, avec ce qu'on ne connaît pas, on écrit.

Aussi avec la peur de ne jamais le trouver – et c'est peut-être cette peur-là, plus que toutes les autres, qui empêche.

★

Le ciel est de plomb, on dirait presque le soir. J'aime la pluie de l'orage pour ses grosses gouttes quand elles s'écrasent, aussi pour l'odeur de bitume et de métal tiède. Des gens se hâtent, attrapent leur sac, quittent les terrasses et rentrent leur verre. Je sors de l'eau, je suis mouillée, pas coiffée. Je suis sous l'eau, je marche légère.

★

Ça peut prendre beaucoup de temps pour trouver l'inconnu.

Quand on s'en approche, quand on brûle, on le sait, parce que ça fait lâcher le crayon et tomber les bras, ça peut faire comme un cyclone qui arrache les pages et fait tout recommencer, ça coupe le souffle en même temps que ça desserre l'étau, alors on se tient la tête pour la reposer du voyage.

Ensuite, on ne marche plus pareil, la colonne est plus droite et les épaules grand ouvertes – on marche un peu comme on nage sur le dos. Trouver l'inconnu pour écrire, ça prend la solitude, sans laquelle les mots ne jaillissent pas.

★

Dans la rue, je suis les lignes, les rangées de pavés, les épis verts des pistes cyclables, je tente l'équilibre sur l'arête du trottoir, je glisse, il pleut fort, j'aime cette pluie pour ce qu'elle dit de vivant, là, maintenant, quand elle atterrit dans mon œil et me fait cligner des paupières. Je marche légère, pour un peu je sautillerais, que je décide de tourner à gauche ou de faire marche arrière, de dormir dehors, de manger du sable, qui m'en empêchera ? Il est quelque chose de vertigineux dans ces moments-là, dans ce qu'ils ont à voir avec la toute-puissance, oui, le temps d'une seconde, on croit pouvoir détenir le pouvoir sur la couleur du ciel ou la forme des nuages. Chacun marche, sur l'épaule chacun son sac, et dans l'œil, sa petite poussière – où est-ce qu'on va ?

★

Quand on a trouvé la solitude qui fait jaillir les mots, ça bouillonne dans le corps, et le corps le sait, qui reconnaît le frisson. C'est la « grande solitude », qui dit ce plein-là, celle-là même qui fait oublier totalement le dehors et ne se partage pas avec le monde. Avec personne. Jamais. La grande solitude de l'écriture, elle coupe de tout, oui. Et pourtant on voudrait parfois la vivre toujours. Comme l'enfant ne veut pas que s'arrête le feu d'artifice.

★

Mes cheveux ruissellent, les fleurs de ma robe ont changé de couleur et se collent sur mes cuisses, je pense à la Grande Villa qui guette par la fenêtre, à « ma » vieille dame qui peut-être s'inquiète, et je souris de moi.

★

Quand l'écriture trouve la grande solitude pour y naître, on n'est plus seul. Aussi peut-être est-ce pour ça qu'on écrit, pour ne pas faire seul le voyage. Et rendre plus douce l'attente. De l'amour, de la mort.

Comme si de rien n'était

Passé le tunnel, je ralentis le pas. Passé les escaliers métalliques, je lève la tête et je la regarde d'en bas, à chaque fois je fais ça. Dans les allées goudronnées, l'orage a rempli des flaques, et dans les petits jardins, il a dérangé des lombrics, froissé les pieds-d'alouette, la terre est imbibée du ciel. Depuis le toit de la cabane des enfants, ploc, des gouttes se jettent sur le zinc du toboggan. Mes pieds glissent dans mes sandales et dépassent, je les enlève, malgré la pluie le sol est encore un peu chaud. Je pense escargots dans l'oseille et limaces dans les salades, tuyaux d'arrosage que ce soir personne ne déroulera. Le long des carrés je marche avec la conscience de la dernière fois, le cœur un peu haut, presque dans la gorge, serais-je accompagnée sans doute que je ne parlerais pas.

On économise souvent les mots dans les instants des départs. Chaque silence en vaut bien cent, on combat l'inutile avant de dire et on finit par se taire, en dix secondes dix fois on hésite, à quoi bon, tais-toi donc, allez va, jusqu'au soubresaut parfois, le soubresaut des départs qui fait se retourner, parfois même revenir sur ses pas – un dernier baiser, un dernier au revoir, qui ne servira à rien, on le sait bien, et ne fera qu'encombrer le souvenir d'avant, lui fera de l'ombre, l'ombre moche de l'étreinte de trop et maladroite.

C'est la dernière fois, avec la Grande Villa, cet instant juste avant le soir, le jour qui rétrécit et les voix du monde autour qui s'éloignent, les enfants qui vident le jardin, le bruissement des platanes comme une rampe à ma droite en montant. Je sors mon téléphone, et vite, je la photographie sans qu'elle me voie.

Les clichés à la suite traceront le chemin de mes retours, des potagers jusqu'à la porte de la façade arrière, jusqu'au premier étage et à la poignée à l'envers, je clique sur le déclencheur au fur et à mesure que je m'approche, je lui vole ses petits morceaux à elle en rafales, le platane le plus proche, en gros plan son écorce, les tags sur les murs, le gros violet sur le soubassement, les persiennes fermées du petit bureau du rez-de-chaussée et de l'autre côté les rails en contrebas, tiens la bignone est en fleur, le fer forgé de la porte d'entrée et au milieu la rosace, les balustres de l'escalier, le nez des marches en chêne, puis non, c'est indécent, indélicat, pas comme ça, pas en cachette, pas d'étreinte moche avec elle – je supprime les photos de mon téléphone. Et je n'en garde qu'une, dans ma mémoire, toutes ses lumières à la fois.

★

En les frottant avec une serviette, j'ai mis mes cheveux encore plus en bataille. J'ai laissé glisser ma robe par terre, j'enfile mon tee-shirt de la couleur de l'armoire. Malgré l'orage, la Grande Villa a gardé la chaleur, et l'odeur du soleil. C'est un soir comme les autres : deux ou trois fenêtres ouvertes pour le courant d'air et le couchant par la salle de bains, sans toutefois le flamboiement sur l'armoire ; le ciel est toujours de plomb et le soleil trop loin derrière, mais il est là malgré tout, tellement on sait dans le vestibule quand il se couche, le rouge qu'il fait.

Mon pied sur les deux tomettes en montant, j'ai fait exprès.

Dans la cuisine, je prends le dernier kumquat et je suce mon index, j'y collerai les derniers grains de sucre en tapotant le fond de l'assiette. Dans la grande chambre, j'ajoute quelques gouttes de citronnelle au chiffon toujours noué aux crémones. C'est ma dernière soirée avec elle, je joue avec l'interrupteur en même temps qu'avec le bleu du ciel. La nuit entrera tout à l'heure par la fenêtre – on fait comme si de rien n'était.

★

Le faiseur de tonnerre sera parti lâcher ses planches plus loin, le ciel fait silence, un sifflement vient jusqu'à moi, un tout petit vent sous la porte d'entrée je crois, c'est la première fois que j'entends cette voix-là de la Grande Villa. Je sais peu d'elle finalement, et tellement moins qu'elle connaît de moi. Vissée à ma chaise et à mon cahier, je ne l'ai peut-être pas beaucoup écoutée, trop occupée à chercher le fil des mots comme si avant de partir il me fallait dérouler entièrement la bobine, comme si elle seule pouvait être témoin de « ça », comme s'il n'y avait qu'ici, que « cela » pouvait se faire – maintenant, avec elle.

Elle savait déjà un peu de nous deux, témoin de nos conversations de l'hiver, il y a cinq mois et quelques poussières. Elle a peut-être deviné un peu l'avant, tout ce temps dans nos vies, tous les silences entre nos jours, tellement de lignes et tellement de blancs après chacune, nos efforts pour les remplir – les petites brou-tilles, les « mine de rien », les « au cas où », plein les bras nos maladresses, et sur nos pointes de pieds beaucoup d'amour. Il aura fallu tout ça entre nous, puis Internet et les courriers électroniques, enfin l'incongru qui te bricole un radeau pour un dernier sprint – ton cerveau qui fait le pitre et t'accorde trois mois de sursis. Il aura fallu tout ça, cette urgence-là, pour se dire le reste, vite, l'impossible à demi-mot qu'on rassemble dans un merci et qu'on étouffe dans un sanglot. Et puis ces nuits, les dernières, là avec elle, à fouiller un peu le fond des sacs. Tu n'es plus là, et il n'y a qu'elle, la Grande Villa, qui sache tout ça.

Est-ce qu'on écrit pour ne pas perdre les souvenirs, comme on grave une date sur un banc, un cœur sur un tronc d'arbre avec ses initiales dedans ? Pourquoi laisser une trace ?

★

C'est la dernière fois *d'une pièce à l'autre*, je déambule, je me ramasse, partout j'ai laissé des bouts de moi, mon maillot de bain en pelote, les fleurs de ma robe la tête en bas, un sac de pierres, des sacs de vide, une odeur de bois neuf, l'empreinte de mes cheveux mouillés sur les draps, dans toutes les pièces, même dans la chambre du fond. Elle n'est pas souvent occupée à cause de ses lits à une place et probablement de son exposition côté nord. Sa porte, comme toutes les autres, reste quand même ouverte et chez elle je suis allée une fois chercher l'ombre pour la sieste. À cause des trois lits, j'ai pensé aux trois ours, et les bras le long du corps, je me suis souvenue des nuits d'avant l'amour quand je n'avais pas l'âge, quand je m'endormais sur le côté, en serrant mon oreiller contre moi, mes genoux alors ne dépassaient pas du matelas.

Partout, dans toutes les pièces, j'ai posé un peu de moi, peut-être pour qu'en entier la Grande Villa me console, pour qu'aucune blessure ne survive quand je sortirai de là.

⋆

Est-ce donner de soi-même que d'écrire ou est-ce de l'amour qu'on recherche ?

On ne peut pas tout savoir

J'aurais pu inviter les gens que j'aime. J'avais imaginé une grande tablée pour Noël, des matins qui durent dans les pyjamas, des matelas par terre, on t'aurait laissé la grande chambre. J'ai ensuite imaginé des amis et des enfants pour l'été, une nappe à carreaux sous les platanes et les voix qui prennent leur temps. J'ai rêvé ici tous les gens que j'aime tant, tous et tous ensemble qui ne se connaissent pas, pour la nuit depuis la canopée, l'arrosage des potagers, l'odeur de la terre un peu fraîchie après, pour qu'ils fassent connaissance à la fenêtre, et avec la Grande Villa.

Puis je l'ai finalement gardée pour moi.

★

Il est quelque chose de très intime entre elle et moi.

À peine ma valise posée le tout premier jour chez elle, je me souviens de ma main sur ses murs, un peu comme on effleure une joue tout juste amie, c'est drôle, ce souvenir qui me vient au bout des doigts, le geste rare qu'on ne retient pas. On se surprend soi-même, ça peut paraître sans gêne, tout de même une caresse à quelqu'un qu'on connaît à peine, et aussitôt d'ailleurs on retire la main, on bredouille une excuse pour effacer l'audace, mais sans avouer bien sûr qu'on ne regrette pas, tant le bonheur du petit geste était grand, tant ce geste-là était évident. De ce premier instant dans la Grande Villa, entre ses murs comme des bras tendus pour empêcher que je tombe, mes doigts se souviennent.

Je déambule presque toujours nue entre ses murs et je l'habite comme une chemise en soie, comme un vieux tee-shirt mou dont on refuse de se défaire – un morceau de moi manquera quand je rendrai définitivement les clés de cette maison-là.

★

Tu sais, peut-être qu'écrire, c'est comme aimer.

C'est lorsque « ça écrit » qu'on se rend compte combien c'était le vide avant, avant ce matin-là quand débarque l'amour, quand on marche autrement, ce matin qui dit qu'on aime vraiment. L'écriture, c'est alors comme un baiser sur le papier, et on veut fermer les yeux, on veut que la rencontre dure.

Oui. On veut rencontrer longtemps.

Écrire, c'est crier sans bruit, cracher entre les lignes, aimer en secret, frissonner beaucoup. Et c'est un peu mourir que perdre ça.

⋆

Ça sent le thym et, je crois, la verveine, les feuilles de tomate, c'est certain. L'orage parti, la terre se réveille, et dans le bleu doux de la nuit qui s'installe, je pense au poète, au berger, au savant. Ne t'en fais pas, je ne marche pas seule, le monde m'accompagne. Il est vrai que l'eau dans mes yeux n'est jamais bien loin. Toute petite, c'était fréquent, je faisais tout pour la chasser, regardant le ciel juste au-dessus de ma tête, écartant les paupières pour la renvoyer loin derrière, mais le plus souvent c'est elle qui gagnait et il me restait à vite trouver un petit coin loin du monde où je pourrais essuyer le déluge et laisser se dissiper le rouge de mes yeux – pour quelles raisons les larmes toujours prêtes ? À cause de l'indicible peut-être, à cause de la « grande solitude » parce qu'elle ne se partage pas ? Et toujours, toujours quand une main se retire.

Un chagrin, je crois m'accompagne, mais j'ignore d'où il vient, peut-être que l'écriture cherche le lieu de ce chagrin-là, loin, très loin derrière moi. Écrire, c'est fouiller l'indicible qui couve comme un volcan, remuer les cendres pour extraire ce qui sommeille, qu'on reconnaîtra peut-être sans même l'avoir connu, ou qu'on ne connaîtra jamais, parce qu'il appartient au mystère, à l'inconnaissable quand bien même soulèverait-on l'Etna – est-ce être libre d'accueillir un jour le mystère et d'aller à la rencontre du monde, des êtres et des choses qui le font, les semelles légères, sans encombrement sur les épaules ?

Du perron, au pied de la Grande Villa, montent des bruits de pas discrets et un chant. Dans le platane, le petit oiseau s'agite, donne petits coups de tête et sur ses plumes, petits coups de bec. L'eau dans les yeux, c'est aussi tout simplement ça, une jeune fille en ballerine et le souffle d'une flûte traversière, l'oiseau qui défend sa place sur sa branche, aussi la peinture du volet qui s'écaille et dit un nouvel été qui commence. L'alchimie de ces secondes-là, et tant d'autres choses qu'on ne connaît pas. Il y a tellement, on ne peut pas tout savoir.

⋆

J'ai nagé comme jamais et oublié de respirer, je me suis cogné la tête au bout des lignes, j'ai semé mes pensées, aller-retour, aller-retour, pour ne me sentir plus qu'un corps, un mécanisme, un engrenage, une machine qui fonctionne. J'ai nagé de cette façon-là, vite et fort, j'ai frappé l'eau pour tout noyer, la colère et les larmes. J'ai titubé dans le noir, la Grande Villa a fait entrer le soleil ; elle a mis des carrés de plumes sous ma tête, et dans mes insomnies des tableaux de lumières, puis des petits jours clairs aux fenêtres. Elle m'a appris à être un peu douce avec moi-même.

Tu sais, la Grande Villa, c'est deux mains qui t'encadrent le visage. Pas un mot, juste deux mains comme un grand coquillage ouvert et tu te blottis dedans. J'y ai mis tout de moi, je me suis faite petite, tellement petite, le cou rentré, les bras croisés sur la poitrine avec une main sur chaque épaule. Et je sais que les jours de grande peine, je pourrai convoquer cette enveloppe-là. La Grande Villa, c'est deux mains qui en t'encadrant le visage t'offrent tout ça. Et tu te relèves.

DÉPART

J'ai marché en même temps que se levait le matin, et je suis allée te parler face à la mer, au plus proche du port, pour ne pas être seule avec elle, pour entendre un peu le bruit de la ville derrière. Le fond m'a encore effrayée, et aussi les vagues qui en étaient pourtant à peine, le froid contre mon estomac m'a oppressée qui n'était que du frais, et je ne suis pas allée tout à fait là où mes pieds ne touchent plus le sable, mais quand même jusqu'où l'extrême pointe de mes gros orteils pouvait encore me porter, les bras levés, c'est vrai, prêts à saisir une échelle qui serait tombée du ciel Oui, bien sûr l'immensité me fait encore peur.

J'écrirai l'eau tout autour, j'irai explorer les fonds et extraire les mots, le grand et le petit, l'intense et le fragile. Tout est matière, partout à écrire, à photographier ou à peindre, le vent dans la nuque et la nuit qui parle à la place des hommes, j'irai chercher l'inconnu qu'on croit indicible, j'écrirai ce qui reste et qui s'en va, la lumière qui danse, mais aussi les fontaines italiennes et l'odeur des sous-bois quand on les longe à cheval, les primevères dans les fossés ou le bruit des pages qui se tournent, les doigts gourds sûrement à tenir longtemps son livre d'une main quand on guide son cheval de l'autre – tout ce joli savoir-là que l'homme de dos a laissé dans son sac. Les gens du passé laissent toujours un peu de leurs gestes dans les nôtres et un peu de leur façon de regarder le monde. Écrire, c'est aussi ça, fouiller un peu dans les sacs de ceux d'avant, sans déranger, sans malveillance, juste pour entendre les rires et les tendresses. Et pour libérer les douleurs avant qu'elles s'attachent à nous et qu'on les apprivoise – avant qu'on les refile aux suivants.

J'irai où je n'ai pas pied, oui, et j'écrirai avec tout ça, qui reste et qui s'en va. Oui, avec l'absence, maintenant, je vais aussi écrire avec elle.

J'ai tellement pensé à toi en regardant la mer.

« *Ce que nous avons eu, que nous avons perdu, qui est parti, laisse en nous un vide permanent, irréparable. Faire de la littérature, c'est cet exercice qui prétend remplir les espaces vides de la mémoire, tout en sachant que c'est impossible.* » En rentrant, j'ai reposé doucement l'écrivain guatémaltèque sur l'étagère du salon, j'ai marqué la page avec un petit fil que j'ai tiré du rideau.

⋆

Puis j'ai pensé à prendre soin d'elle à mon tour, j'ai envisagé de nettoyer en grand la Grande Villa, de la frotter, la dorloter, la faire briller. Des empreintes de semelles marquent par endroits son carrelage, des hésitations, des traces de chemins, les histoires de chacun passé par là qui font son histoire à elle, et je me dis que la récurer effacerait trop de sa mémoire, donnerait à lire un livre trop neuf à ceux d'après. Il ne faut sans doute pas vouloir rendre les maisons trop propres. Je la laisse comme elle est, sa mémoire visible mais muette me convient. Pour la remercier, je trouverai une autre idée, un autre geste peut-être.

★

J'ai fait le tour de chaque pièce, je crois que je n'ai rien oublié, qui m'obligerait à revenir – d'un coup d'éponge j'ai effacé les ronds de mes tasses de thé.

Une dernière fois, j'ai joint mes pieds dans le tapis de dentelle pour le rideau qui vole et la chaleur sur mes chevilles, et pour la première fois, j'ai fermé toutes les fenêtres de la Grande Villa. Peut-être les prochains dès en arrivant ou à l'heure de la pénombre les ouvriront-ils à leur tour pour faire entrer la lumière puis la nuit. Ils sentiront la lessive certainement, ma robe n'est pas tout à fait sèche, juste fraîche comme il faut sur ma peau, je caresse l'armoire rouge en passant. Puis dans le salon je vole encore quelques minutes au soleil, sur le canapé dans un rond, je me pelotonne comme un chat, je me pelotonne serrée pour ne pas dépasser, puis je grandis mon dos, je déplie mes ailes – enfant, je rêvais qu'un jour mes doigts seraient bleus d'avoir touché le ciel.

★

Je voulais prendre le temps entre ses murs pour encore quelques mots et ma tête sur son épaule, le temps a filé, je me suis dit, plus tard, les mots importants, les nécessaires toujours reviennent – et soudain, je leur fais confiance. Je ferme mon cahier, il reste quelques pages pour les après-coups, quelques lignes pour un peu du vide nécessaire.

C'est l'après-midi, les persiennes sont bien sûr ouvertes et le soleil entre dans la petite chambre, il chevauche le seuil du vestibule jusqu'à moi et me pousse cette fois dehors, me signale gentiment que notre petite conversation s'arrêtera là. J'inspire la lumière une dernière fois, la chaleur ramassée dans les murs et entre les lattes du vieux parquet, assoupie dans les grands rideaux épais ou juste posée sur les tomettes, je m'accroupis, oui, les tomettes toujours tièdes – du meuble à trois tiroirs j'ouvre celui du bas, et je rebranche le téléphone.

*

Je l'ai quittée sans me retourner. À pied, la gare est à juste distance de la Grande Villa, ce qui laisse le temps de dire au revoir en marchant. Dans le hall, je vais lire les heures et les minutes qui cliquettent, et écouter les trains qui s'éloignent en attendant le mien.

À moins que je décide de descendre au port.

Des moteurs y ronflent, un ferry certainement qui s'apprête, ça sent le fuel sur les ponts, le linge propre dans les cabines, et probablement les plats pour le dîner déjà prêts. Je pense embarquement, familles à bord, salle des machines, bastingage et des fantômes au bastingage – cette silhouette m'est familière, qui est cette dame ? J'entends rencontres, je sais l'inconnu et je veux bien l'inconnaissable, je vois des visages d'hommes qui peut-être m'effraient, j'entends des chants de femmes comme des sanglots étouffés, des silences de mères et des rires en cachette. Le départ, la sirène, la traversée la nuit entière – est-ce qu'en pleine mer, on voit les étoiles naître ? Je sais de l'autre côté les bleus qui n'en finissent pas, le mont Chenoua, le sable de Cherchell et les galets de Tipaza, j'aurais pu me douter un jour le voyage, la Méditerranée nécessaire.

J'aurais pu me douter, mais on sait bien que jamais on ne sait.

J'ai soudain vingt ans, le monde m'attend. Je t'appellerai, je t'enverrai des bons baisers, des cartes postales – est-ce qu'on retient l'idée des boîtes à lettres dans les cimetières ? C'est ridicule, oui, tu hoches la tête et tes épaules se moquent. Et tu ris, je t'entends.

Il fait soleil. Le vent est tiède, comme il est bon.

S'il te plaît, où que tu sois, s'il est quelque part un autre ciel au-dessus de toi, va marcher comme tu aimes. Pars léger, ne t'en fais pas, ton sac est au vestiaire.

Va marcher dans le soleil.

Marseille, juin 2015

Merci à Pascal Jourdana qui ce jour-là m'a confié
les clés de la Grande Villa, et à toute l'équipe de la Marelle.
Merci à Hubert Haddad.

Achevé d'imprimer en juin 2016
sur les presses de France Quercy à Mercuès (France)

Imprimé sur Munken Print White 80 g
Papier certifié FSC, issu de forêts gérées durablement.

Dépôt légal : première édition, août 2016
Numéro d'impression : 60500